Benjamin et sa petite sœur

À Cole et Rachel Shearer – P.B.

Pour ma petite sœur Linda, avec amour – B.C.

Données de catalogage avant publication (Canada)

Paulette Bourgeois
 [Franklin's Baby Sister. Français]
 Benjamin et sa petite sœur

Traduction de : Franklin's baby sister
ISBN 0-439-98529-3

I. Clark, Brenda. II. Duchesne, Christiane, 1949-   . III. Titre.
IV. Titre : Franklin's baby sister. Français.

PS8553.085477F836614 2000   jC813'.54   C00-930561-0
PZ23.B634Be 2000

Édition publiée par Les éditions Scholastic,
175 Hillmount Road, Markham (Ontario) L6C 1Z7,
avec la permission de Kids Can Press Ltd.

5 4 3 2 1   Imprimé à Hong-Kong   0 1 2 3 4 / 0

Benjamin et sa petite sœur

Texte de Paulette Bourgeois

Illustrations de Brenda Clark

Texte français de Christiane Duchesne

Les éditions Scholastic

Benjamin sait compter par deux et attacher ses souliers. Il peut nommer les jours de la semaine, les mois de l'année et les quatre saisons. Il adore jouer au ballon en été, ramasser les feuilles en automne et construire des tortues de neige en hiver. Mais la saison préférée de Benjamin, c'est le printemps. Et ce printemps-ci ne sera pas comme les autres…

Les parents de Benjamin lui annoncent une grande nouvelle : un bébé va arriver au printemps.

Benjamin saute de joie. Il a toujours voulu être un grand frère. Il a même pratiqué son rôle de grand frère avec Béatrice, la petite sœur de Martin.

— Je sais faire rire les bébés, je sais leur faire faire leur rot, dit-il.

— Tu seras un merveilleux grand frère, dit sa maman.

— C'est aujourd'hui, le printemps? demande chaque jour Benjamin à ses parents.

— Pas encore, mais bientôt, répond sa maman en se frottant le ventre.

Benjamin n'en est pas si sûr. Dehors, il fait encore froid, et la neige est toujours là. Le printemps semble bien loin.

À l'école, monsieur Hibou demande à ses élèves quels sont les premiers signes du printemps.

— La terre s'éveille après un long sommeil, dit Odile.

— Les plantes se mettent à pousser, ajoute Arnaud.

— Les bébés naissent, dit Benjamin.

Par la fenêtre, il regarde le ciel d'hiver. Il voudrait bien que le printemps se dépêche d'arriver.

Benjamin s'inquiète de la graine qu'il a semée pour son projet de printemps.

— Elle est au chaud, bien à l'abri, et elle ne manque jamais d'eau, dit Benjamin à monsieur Hibou. Mais pourquoi elle ne pousse pas?

— Ta plante pousse, dit monsieur Hibou. Tu ne peux pas encore la voir. Tu dois attendre.

Benjamin soupire. Il n'aime pas du tout attendre.

À la maison, Benjamin aide ses parents à préparer tout ce qu'il faut pour le bébé.

— Il prend bien son temps, ce bébé! dit Benjamin.

— Le bébé arrivera au printemps, dit sa maman en lui faisant une caresse. Et le printemps est tout près.

— Tout près? demande Benjamin, les yeux brillants.

Benjamin sort se promener et regarde partout aux alentours.

— Printemps? Printemps, tu es là? appelle-t-il.

Mais il n'y a aucune réponse.

Benjamin donne des coups sur une casserole. Il fait tinter des grelots et frappe des cymbales.

Même avec tout ce bruit, la terre ne s'éveille pas.

Benjamin va voir au jardin. Pas une plante n'a poussé.

Du printemps, il ne voit aucun signe.

C'est tout un problème, car c'est au printemps qu'on attend le bébé.

Benjamin se sent tout triste. Si le printemps n'arrive pas, il ne sera jamais un grand frère.

Benjamin nettoie la cour.

Son papa vient voir ce qui ne va pas.

— Je pense que le printemps n'arrivera jamais, dit Benjamin.

— Ne t'en fais pas, dit son papa. Quand la pluie commencera, ce sera le printemps.

Benjamin est tout excité. Il sait bien que la pluie amène le printemps. Et il va y avoir de la pluie dimanche, sa maman l'a dit l'autre jour.

C'est dimanche! Benjamin enfile son imperméable et prend son parapluie.

— Je suis prêt pour la pluie! déclare-t-il.

— Mais ce n'est pas de la vraie pluie! dit sa maman en riant. Je voulais dire une pluie de cadeaux pour le bébé. Voilà ce qui va arriver aujourd'hui!

Benjamin ne comprend pas.

— Tous nos amis viendront porter des cadeaux pour le bébé, dit son papa en souriant.

Benjamin aimerait mieux qu'ils amènent avec eux le printemps.

Lorsque les amis sont là, des cadeaux envoyés par
la grand-tante Henriette arrivent : un mobile pour
bébé, des fleurs pour maman et un cerf-volant pour
Benjamin.

— Tante Henriette nous envoie le printemps, dit la
maman de Benjamin en respirant le parfum des fleurs.

— Bravo! s'écrie Benjamin. Le bébé s'en vient!

Le lendemain, à l'école, Benjamin déclare que le printemps arrive.

— Tu as raison, dit monsieur Hibou. Regarde.

La plante de Benjamin est sortie de terre, toute petite, verte, magnifique!

Quand Benjamin rentre à la maison, sa grand-maman est là.

— Toutes mes félicitations, mon Benjamin, dit-elle. Tu es maintenant un grand frère. Ta petite sœur est née aujourd'hui.

Benjamin danse dans toute la maison.

— Je peux la voir? demande-t-il.

— Elle t'attend à l'hôpital, répond sa grand-maman.

Ils partent donc tous les deux pour l'hôpital.

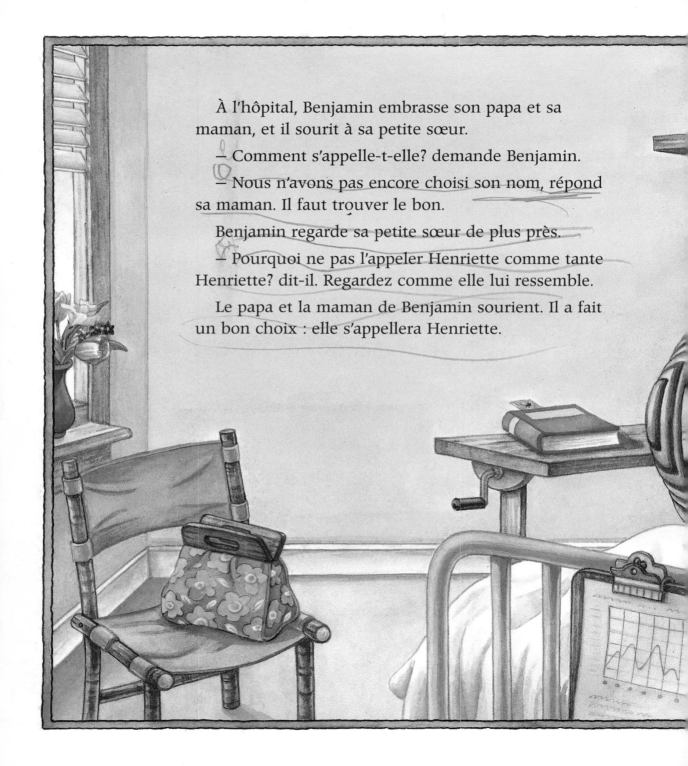

À l'hôpital, Benjamin embrasse son papa et sa maman, et il sourit à sa petite sœur.

— Comment s'appelle-t-elle? demande Benjamin.

— Nous n'avons pas encore choisi son nom, répond sa maman. Il faut trouver le bon.

Benjamin regarde sa petite sœur de plus près.

— Pourquoi ne pas l'appeler Henriette comme tante Henriette? dit-il. Regardez comme elle lui ressemble.

Le papa et la maman de Benjamin sourient. Il a fait un bon choix : elle s'appellera Henriette.

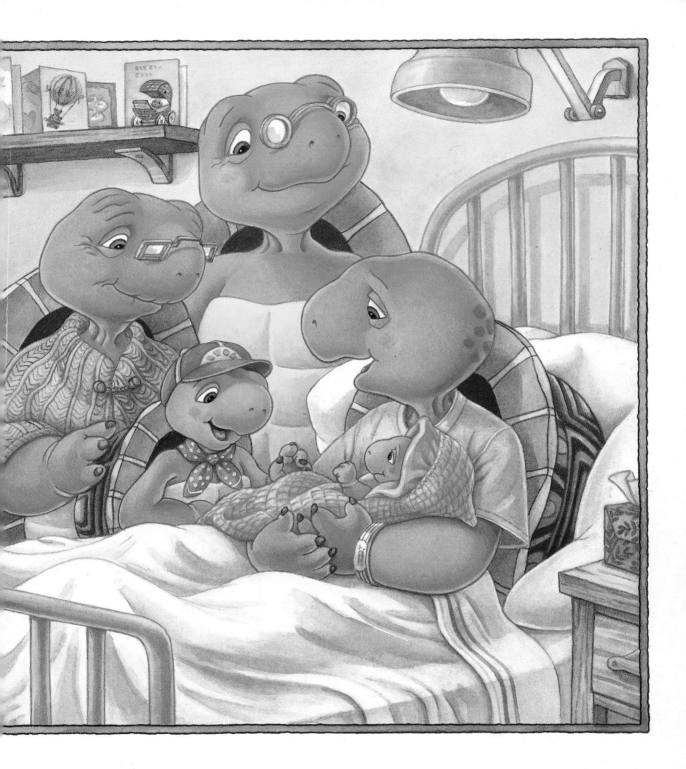

Benjamin demande s'il peut prendre sa petite sœur. Il la berce doucement dans ses bras.

— Bonjour, Henriette, dit-il. Je suis ton grand frère Benjamin, et je t'attendais depuis très longtemps…